連禱

依田義丸

思潮社

連禱

依田義丸

思潮社

装幀＝思潮社装幀室

目次

連禱

連想

一瞬窓を大きな鳥の影が通り過ぎる。

ぼくは急に百歳の疲労を覚え、視界が白濁しはじめる。朝に食べたパパイアは午後になっても消化されないだろう。明日になれば娘たちの初恋も黄色く色褪せるに違いない。西に向かってうなだれた背中が帰っていく。約束はついに果たされなかったのだ。

遠い昔の夕刻に女が鏡をたたきつける。するとぼくの顔にひびが走る。女が思いを断ち切るようにひきつった笑い声を立てる。ひびはぼくの全身に広がっていく。

　あれはほんとうに鳥だったのだろうか。それを確かめようと、窓の方へぼくはなんとか立ち上がろうとするが、力がどうしても入らない。無理に身を起こそうとしたとき、ぼくは体が夥しい数のかけらとなって床に散らばっていくのを感じる。

　一つの詩が生まれる予感がする。

眩暈

耳石がその居所を唐突に変えた。石の武者震いが高い金属音となって鼓膜を貫く。光が撓み、空がゆっくりと旋回しはじめる。呼吸がもつれ、体がどこまでも沈み込んでいく。ぼくは体を支えようと手を伸ばす。だが、そこにはすがりつく記憶の束がない。辿ってきた道や出会った人たちが消え、使ってきた言葉が思い出せない。それどころか、自分の名前さえ思い出せない。

ふと気がつくと、ぼくの体は楕円形になって、端から長い糸のような尾が後ろに伸びている。ぼくは前へ前へと体全体をくねらせて泳いでいく。どこを泳いでいるのか、なぜ泳いでいるのか分からない。そもそも何かに向かって泳いでいるのかも分からない。周りが明るいのか暗いのかも分からない。自分が長い尾で立てているはずの音も聞こえない。ただ確かなのは理不尽に急がされているような。

耳石が元の位置に戻る。すべてが懐かしい秩序の中にある。どこかに忘れ物をしたような気分になる。ぼくは、忘れてきたものを思い出そうとして、ふと足元に目をやる。地面には、硬直した糸の尾を引きずったオタマジャクシが干からびて横たわっている。

胃中の蝶

目を覚ますと、水を叩くような妙な音が聞こえてきた。それは、どうやら体の中から聞こえてくるようだった。ぼくは、恐る恐る口から入って濡れた舌の奥まで這って行った。音は食道のずっと底の方から響いてくる。音への好奇心から怯えも抑えられていたが、それでも少しは緊張していたのかもしれない。ぼくは思い切って長い食道を下まで滑り降りた。

放り出されるように辿り着いた胃の丸い空間には、巨大な紋白蝶が羽をばたつかせている。紋白蝶は胃液に片方の羽を取られて、羽の周りが急速に腐食しはじめている。ぼくは蝶を助けようと胃液の中へ足を踏み入れようとする。けれども、立ち込めた鋭い酸性の蒸気に呼吸も奪われ、蝶に近づけない。ぼくは胃液から息も絶え絶えになって外へ逃れ出る。

次第に意識が朦朧となっていく。薄れ行く意識の中で、振り向いたぼくの視界に捉えられた蝶は、腐食が進んだのか、全身が巨大な黒色に変色していた。蝶は確実に死に向かっているのだ。蝶の最期の身震いがぼくにも伝わってくる。その刹那だった。蝶の体から抜け出るように巨大な黒い揚羽蝶が羽を大きく羽ばたかせて飛び上がった。黒い蝶は力強く飛翔をつづけ、やがて胃壁を突き抜けてなおも上っていく。蝶は不死の蝶として蘇ったのだろうか、ぼくにはわからなかった。ただぼくには直観したことが一つだけあった。蝶が飛んでいくその向こうには、きっとあの韃靼海峡が漆黒の闇に染められて広がっているに違いない。

平面の記憶

あのときのことをよく思い出すんだ。唐突に君が、あなたって、紙のような人だわって言ったんだ。不意を突かれて、ぼくはぞくっとして、背中にくちゃくちゃの皺が寄る気配がして、頭の上では刃物が鋭く裂くように走って、つづいて遠くから高い悲鳴が聞こえてきた。ぼくは急に、極悪の罪を犯して自分をめちゃくちゃに汚したくなったんだ。

すると、君は笑いながら、いいえ、やっぱりあなたは紙のような人なんかじゃないわ、そう言い直した。その声を、平面になっていく耳にかすかに聞きながら、ぼくはぼくに書き込まれていたものがひとつ残らず消えていくのを感じていた。そうしてついに、ぼくは真っ白な一枚の紙になってしまって、そこからすべてが始まったんだ。

散乱

人にはだれにも記憶の底の底に忘れられない一コマの映像を宿している。鮮明な映像だが、それが幻なのか実際の場面なのかよくわからない。ぼくにとってもそんな光景が一つある。

大勢の人たちが何やらガヤガヤやっている。ぼくの方はこちら側で安心できる距離を置いてかれらの表情を楽しんでいる。最初はその面相の豊かさから、みんながこの世の仏となった羅漢たちに見えてくる。それぞれ個性的な顔の表現は、鳥が枝々を飛び渡るようにして、次の表情に連鎖していく。揺れてからかう首、のけぞるような顎、膨らんで喝破する鼻、愛おしさを放つ睨み付け、互いに納得した目配せ、容赦なく遮断された耳、大きく開いた憐れみの口、皮肉を広げる頬、吊り下げた憤りの眉毛、そして沈黙に沈んだ肩に収斂し至りつく。ここでぼくは思わず声を上げそうになる。ぼくの興味が縫い上げた表情の中心となっているたくさんの目の中に、たくさんの小さなぼく自身の姿を認めたからである。しかも、その一つひとつは一見ぼくの姿に似ているようなのだが、よく見てみるとどれ一つとして慣れ親しんできたぼく自身に似ても似つかない。さらにぼくを唖然とさせたのは、無数のぼくの似姿が自己増殖するように、騒いでいた人たちの表情から独自の連鎖の森を広げていたのである。そしてその連鎖をつなぐ無数の目がさらに無数のぼくの似姿を増殖させていたのである。一つのぼくから始まった自己分裂の連鎖は、次元を異なって際限なく広がり、無数の全く別のぼくに散乱しつづけていたのである。ぼくは自分自身がいきなり軽くなって、蒸発していくのを感じる。

反対側にいる羅漢たちの方から聞き慣れた懐かしい声が聞こえる。そこでは羅漢たちの一人となったぼくが、身をそらせた大笑いをしている。だが、その目には元のぼくは映っていない。ぼくがいたところには、ぼく自身のにおいさえ残っていなかった。

チャイニーズ・ボックス

暗い森の中に少女が立っています。きっと泣いているのだと思います。少女の顔は見えませんが、後ろ姿の肩が震えていますから。ぼくは、こんな雰囲気には長くは耐えられません。こちらから手を伸ばして、少女の背中をこの鉛筆の先でそっとつついて歩かせてあげましょう。ぼくには少女の悲しみをどうしてあげることもできませんが、そのようにして歩きつづけていれば少女は知らぬ間にその暗い森から出て行けると思いますから。

考えが甘かった。いつまで待っても少女は歩きつづけるだけで森の外へは出て行かない。よく見ると、どうやら少女の歩みに合わせて、森が少しずつ移動していくようです。

現実はそのようにして進んでいくものかもしれません。ぼくは今、自分がとても無力に感じています。

こうなったら、もうやけっぱちです。最後の手段を使うしかない。この消しゴムで、少女を消してしまいましょう、こんな風に。いや、これはまずいことになりました。暗い森に悲しむ少女の姿が切り残されてしまいました。空白になった少女の肩の部分もまだ小刻みに震えています。仕方がない、いっそのこと森も、こうして消してしまうほかない。

こんなことをしてももう手遅れのようです。だれかがぼくの背中にも消しゴムをかけはじめたようですから。

異界

少年は道を渡り終えようとしていた。車が猛スピードで走ってきて、つづいて警笛と怒号が聞こえた。車は一気に少年の体を突き抜けていった。

あたりが急速に脱色し、街のすべてが少年を威嚇しはじめる。少年は街を離れて森に入り、一番高い木を選んで登っていった。今、少年は自分を脅かすものたちから遠くにいて、安心だった。梢を渡る風の音がやさしく、木漏れ日は森全体を穏やかに見せた。そのとき不意に、地鳴りが響き、稲光の矢が少年の目を突き刺した。それから、森の音と光が津波となって少年に押し寄せてきた。少年は、二つの目を塗りつぶし、二つの鼓膜を割いて破った。真っ暗で音のない内側の空間で、少年はまたしばらく安心できた。しかしすぐに、少年は不安に襲われた。遠くから妙な声のようなうなりが伝わってきた。それは心の深い井戸の底の底から沸き起こってくるうなりの波だった――「あ・うん」

うなりの波は少年の正気を飲み込んだ。

道端に、目と耳から血を流した少年が倒れていた。

決意

少女は意を決したように小走りで進みはじめたが、そこで一度立ち止まった。このときも、少女の心には、どこまでもつづく平らな地面が広がっていたに違いない。少女の顔には、うっすら笑みが浮かんでいたから。あるいは、それはぼく自身の思い入れだったのかもしれない。実際には、少女の前には、切り落ちた断崖絶壁とその向こうには、高く積み重ねられた海と空の青い広がりがあった。少女はあらためて決意したようだった。そして、唐突に空中に身を翻した。少女は、一枚の緑色の葉になって、ゆっくりと落下していく。枝から離れるのが少女の決意だったのか、枝の諦めだったのか、もう何年も前のことで今のぼくには思い出せない。覚えているのは、落下していくうちに、少女が足の方から色づきはじめ、地上に届くころには、すっかり紅葉してしまったということだけだ。

全身赤と黄色に色づいた少女は、最後に地球を小さく揺すぶることができるのだろうか。あるいは、地面は急に柔らかくなって、紅葉した少女を優しく受け止めてくれるのだろうか。

心象

夜になると、少年は昼間の仮面を外し素面をつける。こうして言葉の約束と決別して心象で遊びはじめる。

少年は、数字の7の頭を切り取って、キリンの首を接ぎ木する。理不尽に対峙させられるキリンと女。その中間に繁茂するブリキの密林。一本足のキリンにまたがった女は何度も密林を駆け抜ける。キリンと女の皮膚から噴き出した汗は雨となって、執拗に銀色に輝く木々の葉を育て上げる。葉の一枚一枚は、やがてことごとく数字の7へと生育するだろう。

遊び疲れた少年は、女とキリンをテーブルに投げつける。テーブルは、その部分から黄色く発熱しはじめる。スープがこうして温められる。パンには今日覚えたての言葉を塗り、出会った人たちを挟んで食べる、ほおばりきれない数本の脚を口から覗かせながら。あわてて、手にしたスプーンからテーブルに飛び降りる。そのままテーブルの角まで走って、その脚を伝って床へと降りていく。そうして足取りを速めて、壁を抜け、一気に裏の海へと出る。波は一枚の紙の重さで彼を洗いつづける。少年は海に口づけする。彼の体は唇から急速に錆びはじめ、すえた波紋は津波となって陸地を襲うだろう。突然、少年が我に返る。元の視線が復権する空間で、キリンの首がその胴に返され、女は男へと向き直る。

この瞬間、少年の素面はおびただしい砂粒となって、彼の部屋に果てしない砂丘を広げる。そこには、詩に取りつかれた老人がうずくまっていた。

男と女

ＤＮＡの二重の螺旋階段を繋ぐ二段目の橋のたもとで、雨に濡れながら男が女を待っている。雨はもう思い出せない昔から降りつづいている。男は時々不安になる。待ち合わせのこの橋がみつからないのだろうか。ひょっとして、懸念していたように、女には初めから無理だったのかもしれない、子供を置き去りにすることは。男の不安を映すように、昼前には小惑星がぶつかって大きな地震があった。

さらには夕方には、ネアンデルタール人も橋を渡って消えていった。それでも女は一向に姿を見せなかった。ついに空が白ける頃、雨が止んで、女が橋の向こうから現れた。女は清々しい顔つきをして男に手を振っている。けれども、迎える男はそれに応えない。男は、そしてその後ろに列をなして並ぶ無数の男たちは、同じ不安の表情をそのままに、石となって歴史の中に立ちすくんでいる。

白い象

男と女がスペインの片田舎の駅舎の酒場で列車を待っている。女は男の子供を宿している。テーブルには冷えたビールと土地の酒を入れたグラスが置かれている。女が、向こうの山は白い象のようだ、と言う。男は、中絶の手術は簡単なものだが、女が好きなようにするといいとも言う。男の態度に耐えかねた女が、おしゃべりを止めるように、と叫ぶ。ぼくがそこまでヘミングウェイの短編を読んだとき、ページの余白を突き上げるようにして白い象の巨大な背中が突然立ち現れてきた。テーブルがひっくり返り、グラスがなだれ落ちて割れる。女は椅子ごと倒され、男は跳ね上げられ、そして白いページの上に落とされる。

ふと気づくと、ぼくは男の位置に仰向けになって横たわっている。周りには、ばらばらにされたアルファベットの文字が散乱している。

いつしか駅には列車が停車している。吹っ切れた表情をした女が独りで列車に乗り込もうとしていた。

背信

今も画家は、かつて見た砂漠を行くラクダの隊商に魅了されつづけている。彼は、記憶に残ったその光景を筆でキャンバスに画き留めはじめる。

黄金色の夕日を受けて影絵となったラクダたちが静謐な歩みを進めていく。終日荷を運んできたその足取りは重いがそこには揺るぎない力強さがある。隊商は、動物の本能が今夜の宿営地のオアシスに導いてくれることを少しも疑っていない。そのあまりに無垢な確信が画家の絵筆を止めさせる。不埒な邪気が画家の絵筆に下りてくる。画家は砂漠の隅に小さな風の渦巻きを描き入れる。

命を得た渦の旋回は乾いた砂漠の砂を巻き上げながら、みるみる巨大な砂嵐の竜に化ける。暗黒色の竜は胴体をくねらせて砂漠を席巻し、ついにラクダたちの列を火を噴く口に飲み込んでしまう。だが竜の腹の中でもラクダたちの祖先から引き継いだ本能は方向を見失わない。

再度画家の絵筆に、いや増す邪気の背信が宿り、真南のオアシスに向かう隊商の行き先を西へと偏向させる。突然、砂嵐の突風を引き裂くように隊商から赤子の泣き声が聞こえてくる。画家の良心が帰ってくる。目指すオアシスから大きく外れて進む隊商を、画家はあわてて元の方向に戻そうとする。けれども、今や巨大な竜の胃袋で消化された隊商は見つけられない。力を得た砂嵐の竜の狼藉は止まらなかった。竜は大きく立ち上がると、絵から抜け出して画家とその周りの砂漠に襲いかかってくる。

後日、オアシスから遠く離れた砂漠で、砂に埋もれたラクダたちと画家の亡骸がみつかった。

極限

白い壁に額縁が掛かっている。額縁の中には一面の荒れ野が広がっている。荒れ野に一匹のリスが跳ねている。荒れ野が壁へと広がろうとする気配があった。荒れ野はリスにとって、その躍動を支える広がりだった。リスは荒れ野にとってその広がりを証す背丈だった。そして、額縁は荒れ野とリスにとってその野放図さへの規律だった。額縁のしゃちこばりと荒れ野の広がりとの苛烈なせめぎ合いが、手遅れの高さに極まろうとしたとき、リスが壁へと跳ねた。やがて額縁も朽ちて果てた。白い壁にはリスのいたところに小さなシミだけが残った。

逡巡

穴から飛び出そうとした瞬間、兎は動きを止めた。いつもなら、砂漠も射抜く赤い目も、風に水を嗅ぎつける鼻腔も、蟻たちの移動の足音を聞き分ける長い耳も、すべて忘れて、兎は一瞬躊躇い、逡巡した。昨日に決別して、思い切って向こうの穴に移るべきか。暑さに揺らぐ陽炎もラクダの干からびた亡骸もみな息を殺して、兎の次の動きを見守った。何かに背中を押されたように、再び動き出した兎が新しい穴を前にして小躍りするように跳ね上がった。乾いた空に、一発の銃声が響いた。兎の視野が暗転した。兎の目に映った最期の景色は、乾燥した地面に開いた一つの穴だった。それは、弾丸が貫通した傷跡のように見えた。

連鎖

一匹の犬が橋を渡ると、三人の娘が恋をした。三人の娘が橋を渡ると、朝のトーストが焼け過ぎた。風が橋を渡ると、川が後について渡って行った。橋はすることがなくなって、自分も渡って行った。だれも橋を渡らなくなって、橋をだれも渡らなくなって、昼食にカリフラワーを食べた。一匹の犬が橋を渡らなくなって、三人の娘が次々と男を捨てた。三人の娘が橋を渡らなくなって、一匹の犬が。

白亜の雨

雨が千年無音の音楽を奏でている。雨は石灰の大地を穿ち、山を下る火の川を冷やし、恐竜の長い首を光らせ、シダの葉を傾げさせ、花群れの五色を鮮やかにし、空飛ぶ孔子鳥の翼を重くし、アンモナイトの巻殻を照り輝かせているが、ついに雨の詩を書いた詩人の舌を濡らすことはない。
四苦を背負う人間が誕生するまでには一万年。
あたりには祈る気配もない。

針と船

ぼくの目の前を、一本の針が布を縫い進んでいく。真っ赤な布は大きく広がり、ひと針ひと針、赤い縫い目がどこまでも伸びていく。ぼくは自分の見た奇蹟を書き残したい衝動に駆られる。

一隻の船が海を航行しはじめる。海は残照に真っ赤に染められ、船の後には赤い航跡が残されていく。ぼくが安堵していると、一本の針が真っ赤な海を進んで、赤い航跡が縫い込まれていく。

ぼくは不安に襲われる。そして、さっきまで見ていたものが、針だったのか船だったのか、わからなくなってしまう。

反復

橋の上には白い足。下駄を履いても履かなくても、右に行ったり左に行ったり。暇なカラスは不思議顔。橋の上には白い足。けんけんしたり、小躍りしたり、地団太踏んだりと慌ただしい。ときにはカメレオンさながらに薄くなったり濃くなったり、ときに透けて見えたり。この落ち着きなさが気になって、それは誰の足なのかと野暮に問うてはいけません。本当のことを知ってしまったらとても正気ではいられない。また、橋の上には白い足。今度は橋の真ん中まで駆けだして急に立ち止まったと思ったら、下を見つめて思案中。今はそれはやめた方がいい。あいにく川は季節柄すっかり水が干上がって、大怪我をするのが落ちだから。またまた橋の上には白い足。一人でいるのに耐えられないのか、別の白い足と絡まって、はしたないのも度が過ぎる。さんざん醜態を晒したあとは後悔して帰っていく。雨が降っても風が吹いても、今日も橋の上には白い足。下駄を履いても履かなくても、右に行ったり左に行ったり、忙しいあなたもさすがに不思議顔。

巡礼

君が生まれた朝に医者も匙を投げて、赤子は母に抱かれて帰ってきた。みんなの祈りが諦めに変わろうとしたとき、君の命の鼓動が唐突に目覚める。あのとき誰もが気づかぬうちに行われた秘儀をぼくは知っている。うなだれるたくさんの肩をかき分けるようにして、一人の僧侶が現れ念仏を唱えながら赤子に近づく。そして赤子に白衣を着せ、首から小さな輪袈裟を掛け、手には小さな念珠を握らせる。赤子は一人の僧侶に従う白装束の数えきれないお遍路さんたちの手に次々と手渡されていく。こうして赤子は白い川を遡る船となる。やがて赤子の船は、母の祖母のそのまた祖母に見守られて、父の祖父のそのまた祖父に見守られて、八十八の港をめぐることになるだろう。「お小水が出た、もう大丈夫だ」安堵の声が聞こえる。

君が眠る巡礼の船には、願いと畏れが天球の音楽と共に積み込まれ、重ねて、どんよりと曇った午後と、空を割るような慟哭が積み込まれるだろう。君は、遠い未来に三人の子供たちと、さらに加えてぼくの二人の子供たちの母になることをまだ知らない。ときに弔う背中を引き受け、ときに瞑想する孤高に沈み込み、それでも夜中の床に映る星座に導かれて白い川の水源を目指す。すべての港を巡ったあと君の船が首尾よく、今も僧侶が祈りつづけるという山の頂上に登れますように。

あとがき

詩という形式はそれ自体の内に一つの表現上の矛盾を元来孕んでいます。それは共通の表現性をもつ言語を用いながらも、他方ではそれから逸脱する独創的な表現を目指しているというものです。そしてこの逸脱性を支えているのは、詩人自身のもつオリジナルな感性や視点であることは言うまでもありません。常識によっては捉えられない非現実という現実への飽くなき探求です。そういう意味では、非現実という現実を含めたすべてが現実なのだと喝破した先達詩人の至言は詩的表現の本質を見事に捉えています。現実の否応なしの拘束のもとで非現実という現実を創り出すことに魅了されながら、それを可能にする言葉表現を紡ぎ出そうとして祈るように辿った遍歴の道のりが自分自身の詩作だったと今感じています。

第二詩集『連禱』を妻真奈美に捧げます。

二〇二四年春　紫野にて

依田義丸

依田義丸　よだ・よしまる

一九四八年京都生まれ
一九九一年第一詩集『けいおす』（思潮社）刊行
二〇二四年三月十四日逝去
日本現代詩人会会員

連禱《れんとう》

著者
依田義丸《よだよしまる》
発行者
小田啓之
発行所
株式会社 思潮社
〒一六二―〇八四二　東京都新宿区市谷砂土原町三―十五
電話〇三（五八〇五）七五〇一（営業）
〇三（三二六七）八一四一（編集）
印刷・製本
創栄図書印刷株式会社
発行日
二〇二四年五月二十五日